conto

Antologia de contos indígenas
de ensinamento
Tempo de histórias

Daniel Munduruku

Organização e apresentação de Heloisa Prieto

1ª edição

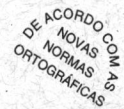

© DO AUTOR E DA ORGANIZADORA

| | |
|---|---|
| COORDENAÇÃO EDITORIAL | María Inês Olaran Múgica |
| | Maristela Petrili de Almeida Leite |
| EDIÇÃO DE TEXTO | Erika Alonso |
| COORDENAÇÃO DE PRODUÇÃO GRÁFICA | André Monteiro, Maria de Lourdes Rodrigues |
| COORDENAÇÃO DE REVISÃO | Estevam Vieira Lédo Jr. |
| REVISÃO | Rita Lopes |
| EDIÇÃO DE ARTE, CAPA E PROJETO GRÁFICO | Ricardo Postacchini |
| DIAGRAMAÇÃO | Ricardo Yorio, Camila Fiorenza Crispino |
| ILUSTRAÇÕES | Eduardo Albini |
| COORDENAÇÃO DE TRATAMENTO DE IMAGENS | Américo Jesus |
| TRATAMENTO DE IMAGENS | Fabio N. Precendo, Rodrigo R. da Silva |
| SAÍDA DE FILMES | Helio P. de Souza Filho, Marcio Hideyuki Kamoto |
| COORDENAÇÃO DE PRODUÇÃO INDUSTRIAL | Wilson Aparecido Troque |
| IMPRESSÃO E ACABAMENTO | Forma Certa Gráfica Digital |
| LOTE | 776067 |
| COD | 12047628 |

**Dados Internacionais de Catalogação na Publicação (CIP)**
**(Câmara Brasileira do Livro, SP, Brasil)**

> Munduruku, Daniel
> Antologia de contos indígenas de ensinamento :
> tempo de histórias / Daniel Munduruku ;
> organização e apresentação de Heloisa Prieto. —
> São Paulo : Moderna, 2005. — (Lendo & relendo)
>
> 1. Contos indígenas I. Prieto, Heloisa.
> II. Título. III. Série.

05-3174              CDD-898.3008

**Índices para catálogo sistemático:**
1. Antologia : Contos indígenas : Literatura 898.3008
2. Contos indígenas : Antologia : Literatura 898.3008

Reprodução proibida. Art.184 do Código Penal e Lei 9.610 de 19 de fevereiro de 1998.

Todos os direitos reservados

**EDITORA MODERNA LTDA.**
Rua Padre Adelino, 758 - Belenzinho
São Paulo - SP - Brasil - CEP 03303-904
Vendas e Atendimento: Tel. (11) 2790-1300
www.modernaliteratura.com.br
2023

*Impresso no Brasil*

*À Camila, Cynthia e Gabriela.
Moças que tenho visto crescer e começar a deixar
nascer o novo em si.*

# SUMÁRIO

OS VERDADEIROS COMPANHEIROS —
HELOISA PRIETO ................................................................. 7

UM CADINHO DE PROSA —
DANIEL MUNDURUKU ........................................................ 11

1. TEMPO DE MUDAR ......................................................... 13
2. TEMPO DE INFÂNCIA ..................................................... 23
3. TEMPO DE APRENDER ................................................... 33
4. TEMPO DE ESCOLHER .................................................... 41
5. TEMPO DE OBSERVAR .................................................... 57
6. TEMPO DE OUSAR ........................................................... 65
7. TEMPO DE ENSINAR ....................................................... 75

AUTOR E OBRA ..................................................................... 87

## OS VERDADEIROS COMPANHEIROS

É sempre um grande prazer conhecer as histórias contadas por Daniel Munduruku. Ao longo de nossa grande amizade tive o privilégio de ouvi-lo narrar os mitos de origem da comunidade Munduruku, os ritos de passagem e os pensamentos de seu avô — figura lendária em sua obra. Porém, como nosso convívio se dá na cidade, fui também percebendo que Daniel era capaz de fazer uma leitura da realidade urbana, de forma bem-humorada, irônica e perspicaz. De onde viria tanta sabedoria? Será que o tempo da mata, de algum modo misterioso, o teria preparado para o enfrentamento com o tempo digital, impiedoso e fragmentado do espaço contemporâneo?

Gosto de dizer que narrar é uma forma de pensar o mundo. Seja na volta de uma viagem, de uma festa ou na hora de enfrentar uma decisão séria, nosso impulso natural é contar a alguém o que acontece, como se ao narrar fôssemos capazes de emprestar um novo significado à vida. Trata-se de uma necessidade que remonta às origens mais remotas da humanidade, quando as pessoas se reuniam em volta da fogueira ou no aconchego de uma caverna para ouvir um xamã que lhes narrava um mito ou a saga de um herói caçador. Ouvir uma história, então, talvez seja uma forma de certificar a força da vida, da esperança ou da beleza de uma derrota quando transformada em momento de aprendizado.

Não só em suas lindas narrativas, mas mesmo ao ouvir os menores comentários ou brincadeiras sobre a vida na cidade, sinto, dentro de Daniel, a coexistência pacífica do narrador ancestral, aquele que sabe se sentar diante de uma fogueira e cumprir um rito imemorial, como também o é a voz do homem moderno, perplexa e crítica. No entanto, ao contrário da tendência niilista, que marca tantos textos contemporâneos, a narrativa de Daniel parece abrigar uma compreensão profunda do ser humano que, de tão generosa, não admite o pessimismo.

Era justamente a riqueza da dualidade de nosso Daniel, mais conhecido por Derpó, entre os munduruku, que eu desejava apreender por meio de um texto literário. E qual seria o melhor suporte narrativo para a expressão dessa "dupla personalidade" cuja sabedoria se expressa como uma terceira via de conhecimento?

Em termos de literatura, a antologia é justamente o gênero que, de algum modo, recria a situação da narrativa primordial: pessoas sentadas numa roda, contando histórias umas às outras.

Pois bem, uma antologia pode ser composta de vários autores ou de um único contador, como é o caso desse nosso *Tempo de histórias*. Quando vários autores entregam contos reunidos sob um determinado tema, como o amor ou o terror, a sensação que se tem, após a leitura, é a mesma de quando estamos numa noite chuvosa, por exemplo. Cada pessoa narra uma história à outra, estabelecendo uma comunicação profunda diferente da confidência ou do bate-papo, mas talvez até mais reveladora à medida que a história escolhida pelo narrador revela sempre uma parte muito íntima de seu imaginário secreto.

Há, porém, uma outra maneira de compor uma antologia: a técnica do conto moldura. Essa é a estrutura básica de *As mil e uma noite noites*, clássico da literatura árabe. Nessa obra, temos uma situação considerada o conto moldura: a bela princesa Sherazade, que enfrenta o desafio de acalmar um sultão enlouquecido por meio de suas histórias. Composto das narrativas que ela tece durante suas noites ao lado do amado como também dos problemas que a princesa vive de modo a conseguir prosseguir com a narrativa até seduzi-lo totalmente, temos um livro que é formado por um conto que se insere em outro e cujo resultado final é como uma tela líquida na qual um fio de história mescla-se na tessitura narrativa de outro e mais outro.

Para que o leitor pudesse desfrutar da rica prosa de Daniel, normalmente intercalada por mitos, relatos de sonho e comentários sobre os ancestrais, eu lhe sugeri que relatasse, pela primeira vez, suas experiências como professor no Ensino Médio de um colégio paulistano. Uma situação difícil, pioneira, mas também repleta de encantamento e aprendizado.

Eu percebia que, na vida de Daniel, as narrativas orais funcionavam como ferramentas para desvendar os desafios da cidade, portanto, pedi-lhe que escrevesse essa experiência exatamente como gosta de contá-la, pontuando-a com mitos, reflexões, humor e compaixão.

Assim nasceu esse *Tempo de histórias*, um livro cheio de vozes, ruídos de mata e de rio espalhando-se por entre a polifonia da cidade, rompendo com os limites do concreto para permitir a passagem do sonho e do riso, o ingresso numa terceira margem da sensibilidade: a convivência harmônica e frutífera, capaz de harmonizar as diferenças, assim como o faz a natureza no espaço da floresta e do rio, os verdadeiros e eternos companheiros dos seres humanos. Assim chega o tempo de rever o tempo, do ponto de vista de um peixe maluco, no fundo mágico das águas encantadas.

Seja bem-vindo, leitor.

*Heloisa Prieto*

Heloisa Prieto é doutoranda na USP, pesquisadora do processo de criação literária, orientanda do analista e professor doutor Philippe Willemart. Mestre em semiótica pela PUC, é autora de diversas obras de literatura infantojuvenil, entre as quais: *Lá vem história*, *Divinas aventuras*, *Mata*, *Terra*, *Mil e um fantasmas* (Companhia das Letras). Detentora dos prêmios Jabuti (coordenação editorial de coleção infantojuvenil), União Brasileira dos Escritores (melhor livro de folclore), Fundação Nacional do Livro Infantil e Juvenil (leitura Altamente Recomendável para Crianças) e PNBE, iniciou a carreira como professora da Escola da Vila, onde contava histórias para crianças pequenas.

Entre vários trabalhos conjuntos com Daniel Munduruku constam: *Histórias de índio* (Companhia das Letras), *O livro dos medos* (Companhia das Letras) e *Um estranho sonho de futuro* (FTD).

## UM CADINHO DE PROSA

Foi um grande prazer fazer este livro. Não apenas por ter sido um desafio falar para jovens com leveza e num tom de prosa, tom de beira de fogueira, tom de sala de aula. Foi um prazer, sobretudo, porque foi como uma volta ao meu passado: pude lembrar coisas que havia esquecido, ou melhor, coisas que estavam escondidas dentro de mim. Foi um prazer porque pude retornar a um tempo que me deixou marcas profundas e que marcou meu modo de ser e fez aumentar minha fé nos jovens brasileiros. Um tempo que vivi e do qual trago grandes recordações.

Estas são falas sobre o tempo. Não o tempo vulgar, mas um tempo sagrado porque interno, meu. Falas de mudança, de aprendizado, de escuta. Falas do tempo que nos escapa a cada momento e nos deixa, às vezes, vazios, mas também nos deixa prenhes do novo, da conquista, da vitória.

Cada um destes capítulos são como *flashes* de memória que me foram ocorrendo e me foram trazendo à luz o prazer de estar com os jovens numa época em que fui professor, ou melhor, fui confessor de meus sonhos. Pois foi com eles que aprendi que não é preciso saber tudo, mas é importante confessar o que se deseja; aprendi que o prazer de ensinar nasce junto com o prazer de aprender; aprendi que para ensinar é preciso estar cheio, não de conhecimentos, mas de futuro, de esperança, de tolerância e de orgulho.

E, por ter aprendido estas coisas com os jovens da cidade, quis partilhar com eles o que aprendi na floresta, ouvindo da boca dos velhos um saber que não está nos livros ou nas bibliotecas, mas está na observação do cotidiano, na maneira simples de ver as coisas e tentar compreendê-las sem juízo e sem arroubos de sabedoria. Elas estão ali, assim, simplesmente, e quem consegue perceber isso encontra uma nova forma de ler o mundo e entendê-lo na sua complexidade.

Foram estas reflexões que suscitaram em mim a escrita deste livro e espero que ele possa suscitar em seus leitores o mesmo prazer que senti em escrevê-lo.

*Daniel Munduruku*
*Lorena, março de 2005*

## 1. TEMPO DE MUDAR

*Sexta-feira: Meu último dia na escola.*
*Tema: Tempo da ousadia.*
*Objetivo: Fazer da despedida um recomeço.*
*Desenvolvimento: Vai de improviso.*
*Duração: Uma aula.*
*Resultado esperado: Nenhum*
*(talvez tristeza de parte a parte).*

*Nunca pensei que fosse tão difícil ser educador. Não tanto pelos alunos, mas especialmente pelo fato de a estrutura educacional ser sempre muito conservadora e não permitir mudanças. E educar jovens requer irreverência, acolhida e dedicação. Esses três elementos se confundem no cotidiano do verdadeiro educador, mas também o realizam.*

Não sei onde li esse texto ou se fui eu mesmo quem o construiu ao longo de tantos anos de exercício da profissão. O fato é que sou muito feliz por ter sido escolhido pelo Grande Espírito para ser educador. Sim, sou um educador, confessor de meus sonhos. Foi sempre isso que fiz e deu um resultado espetacular.

Hoje recebi uma grande homenagem dos meus jovens amigos e educandos. Eles me comoveram, aqueles pestinhas. Eu não esperava por isso. Quer dizer, até que esperava, pois sei como eles são surpreendentes. Eles são muito especiais.

A homenagem foi simples, mas foi demais! Foi bom poder ouvir as coisas que eles me disseram, coisas bacanas que mostraram ser um privilégio conviver com eles.

Recordo aqui para não esquecer depois.

Anunciei dias atrás que este seria meu último mês aqui na escola. A revolta entre os alunos foi grande. Primeiro se voltaram contra mim. Eles me disseram coisas verdadeiras, mas inocentes. Alguns queriam entender por que eu os estava abandonando justamente no momento em que mais precisavam de mim. Outros me chamaram de traidor, de covarde, de bundão. E ouvi a todos pacientemente, com a paciência de quem vem do coração dos deuses. E não poderia agir de outra forma, pois eu os havia educado assim. Cabia a mim colocar em prática as sabedorias que lhes revelei durante nossos encontros em sala de aula.

Depois de algum tempo pedi a palavra e lhes fiz um discurso que saiu de dentro de meu apertado coração. Disse-lhes apenas que era chegado o tempo de mudar, de buscar novas trilhas para transformá-las em caminho. Outros jovens tinham que ouvir as palavras da tradição. Lembro que defendi a instituição, mas não deixei de fazer minhas considerações sobre a escola e sua fórmula ultrapassada de fazer educação.

Todos me ouviram com muito respeito e atenção e, certamente, aceitaram minhas palavras, embora não tenha amenizado sua revolta.

Continuei frequentando a escola normalmente, procurando ser fiel à minha filosofia de vida e à minha opção. Tudo estava se ajeitando da melhor forma possível, e outro professor já estava sendo contratado para substituir-me. Até que, hoje, meus doces jovens me surpreenderam com um feito inesperado.

Como todos os dias, as aulas se iniciaram e nada parecia diferente. Até que tocou o sinal para o intervalo do lanche, por volta das 10 horas da manhã. E o que vejo ao longe, quando estou me encaminhando para a sala dos professores? Todos os meus alunos estavam pintados, uns no rosto, outros nos braços, meninas com saias de palha, rapazes com maracás em punho, cocares nas cabeças. Chegaram entoando um canto, um lamento. Dirigiram-se ao centro da escola, um pátio circular. Um dos jovens trazia escoltada a diretora. Ela ria com a ponta dos lábios, sem entender direito o que se passava. Os jovens se assentaram em círculo. Todas as classes da escola vieram ver a cena. Era um tanto surreal. Naquela hora pensei num banquete antropofágico. Era, sim, um ritual. Levei minhas mãos à cabeça quando percebi isso. O que será que eles pretendiam?

No meio da roda o jovem Helder se posicionou. Trazia uma pintura muito bem delineada no corpo. Estava sério. Olhou para todos os colegas e fixou seu olhar em mim. Fiquei espremido com aquele olhar. Fez um gesto me convocando para descer. Não tive alternativa. Um grupo já estava chegando a meu lado. Acompanhei-o, curioso. Ainda não sabia o que iria acontecer.

Logo que cheguei à roda, Roberta pintou meu rosto com urucum. Tinha decisão no olhar. Deixei-me entrar no jogo.

Helder falou em voz alta:

— Hoje é um dia de luto para nós. De luto e de luta. Temos ouvido falar muita coisa sobre a liberdade. Dizem que liberdade é fazer o que a gente tem vontade, é conhecer os próprios limites, é respeitar a liberdade do outro. Dizem que é saber fazer o bem ou escolher o mal. Isto é ser livre, dizem. Mas será que isso é verdade? Será que alguém pode ser realmente livre? Alguém pode ser livre quando fala de uma estrutura caduca como a escola ou como o Estado ou como a política? Não. Ninguém pode ser livre. E sabem por quê?

Helder fez uma pausa, esperando alguma reação da plateia. Eu fiquei ali, quieto e vibrando interiormente pelo que sucederia. Já havia visto o jovem em ação antes. Sabia que ele tinha o que dizer e sabia argumentar como ninguém. Enquanto ainda divagava, Helder voltou à carga:

"— Certamente não sabem o porquê. A resposta, porém, é simples: porque somos escravos das estruturas que criamos e ninguém pode ser livre se se depende dessas mentalidades escravagistas que nossa sociedade possui. Mas há uma modalidade de liberdade que não pode nunca ser tirada das pessoas: a liberdade que mora em nosso pensamento.

Hoje estamos tristes porque uma pessoa que nos ensinou a ser livres foi mais uma vítima das estruturas impostas a todos nós. E talvez tenha sido vítima de seu próprio pensamento libertador. Ele nos ensinou a ser livres, pois vive sua liberdade. A ele queremos homenagear com nossa pintura corporal e com o nosso canto de guerra e lamento.

Caro professor, leve com você nossa gratidão eterna. Hoje somos homens e mulheres livres, graças à sua liberdade. Levaremos conosco, para sempre, as histórias que você nos contou durante nossos encontros. A sabedoria do seu velho avô que virou nosso avô também e nos tornou participantes dos caminhos do universo".

...........

Dito isso, todos começaram a entoar um canto de saudade que eu havia ensinado a eles. Cantavam e batiam os pés no chão como guerreiros a caminho da batalha. Cantavam com o coração e com o corpo num ritmo lento e profundo.

Fechei os olhos ao sabor do canto sagrado que aprendi no coração da floresta. Lembrei da minha infância na aldeia. Do velho avô sentado perto da fogueira contando histórias de antigamente, histórias que alimentam a tradição de nossa gente. Bateu uma saudade tão grande que não segurei duas lágrimas correndo no meu rosto.

Nessa batida, minha mente viajou nas palavras de Helder. Ele tinha falado do meu avô, o velhinho que passou a fazer parte do imaginário dos meus alunos no dia em que resolvi mudar o rumo de minhas aulas. Era dele a ideia de que o único tempo que existe é o agora, o presente. Ele dizia que o passado é a memória e o futuro é o vazio. Quando despertei para essa verdade, decidi que minhas conversas com os jovens seriam sobre o tempo, mas não sobre o tempo linear, o tempo dos relógios, da produção, mas sobre o tempo circular, cósmico, que habita a mente e o coração dos povos indígenas, povos nativos, que constroem sua História vivendo o momento, o presente.

Senti-me grato àqueles meninos e meninas. Senti-me realizado no meu papel de confessor de meus sonhos. Naquele dia, enquanto ouvia a irreverência daqueles jovens, resolvi colocar minhas impressões no papel. Resolvi criar um diário de memórias e resolvi pensar onde esta história havia começado e onde eu havia ajudado estes moços e moças a serem livres.

Agora estou aqui, com minha carta de demissão em mãos para abrir novas trilhas e novos caminhos. Acho que valeu a pena ter sido eu mesmo!

## O tempo que se chama hoje

Segundo meu avô — gosto sempre de repetir — o único tempo que temos é o tempo presente. Ele até perguntava com certa frequência: por que o presente se chama presente? Dava um pouco de tempo e depois respondia: é porque é um presente que ganhamos do Criador. Quem ganha um objeto de presente tem que abrir na mesma hora para poder dar alegria a quem o deu. A vida é o presente que o Grande Espírito nos dá todos os dias, e viver esse presente alegra o coração do nosso Pai Primeiro.

Meu avô era como um sábio que possuía todo o conhecimento de nossa gente. Qualquer coisa que a gente queria saber era só recorrer a ele que logo tinha uma história para contar. Foi ele que me ensinou que era preciso, de vez em quando, mudar. Disse isso pensando no rio. Fez-me olhar o rio que corria.

— Um dia — disse-me ele — o rio estava muito chateado por não poder fazer outras coisas. Ele não gostava de ficar o tempo todo correndo para um mesmo lugar, sem nunca mudar de curso. Lamentava-se para todo mundo. Falava com as árvores que o margeavam; falava com os peixes que nadavam em seu leito; falava com as capivaras que o atravessavam vez ou outra; falava com a Mãe-d'água que precisava dele para manter sua beleza e seu encanto. Enfim, falava com todos achando que poderia mudar sua tarefa.

Numa noite de lua cheia, o rio estava tão absorvido com suas reclamações que não notou que o Grande Espírito passeava por suas margens. Este o chamou diversas vezes até que o rio olhou para ele, mas não o reconheceu. Continuou na lengalenga de sempre, reclamando do seu monótono trabalho de sair da nascente e ir até o oceano. Nisso, o Criador o chamou e falou que havia ouvido sua reclamação e gostaria de saber o que o rio pretendia. Sem reconhecer quem falava com ele, o rio apenas retrucou que queria ser outra coisa, que não queria apenas servir de transporte para peixes e homens.

— Eu queria ser como o pássaro — disse o rio. — Queria voar alto, olhar o mundo lá de cima.

— E para que você gostaria de voar? — perguntou o Criador, Avô do Mundo.

— Queria sentir a liberdade de voar, de conhecer outros lugares, não ficar preso a esse destino.

— Você já compreendeu a importância de seu trabalho, irmão rio?

— É um trabalho sem sentido — disse o rio.

— Tenho a impressão de que não é bem assim. Você caminha por todos os lados. Você não tem inimigos que possam destruí-lo; você não tem empecilhos que possam desviá-lo de seu caminho; você não tem quem possa pará-lo; você não pode morrer, pois é a principal fonte de vida em nosso mundo. Somente você mesmo pode ser seu inimigo e é isso o que está acontecendo.

O rio ficou pensando no que lhe disse o Criador e pediu um tempo para meditar em suas palavras.

Alguns dias depois, Nosso Pai Primeiro voltou ao rio e perguntou novamente se ele estava disposto a transformar-se num pássaro. O espírito do rio fitou bem o Criador e disse-lhe que não. Disse que estava muito feliz por ser quem era. Que havia pensado muito, conversado muito, viajado muito e que decidira permanecer rio.

O Criador ouviu em silêncio as palavras do rio e apenas disse:

— Por isso você é o mais sábio dos seres. Como prêmio por sua generosidade, você irá transformar-se todos os dias e irá lembrar aos outros seres que a perseverança é a maior das virtudes. Irá lembrar a todos que é preciso seguir sempre, mesmo por caminhos difíceis. Irá lembrar que é preciso seguir a voz interna, a única que nos guia ao encontro do Grande Rio.

Quando meu avô acabava de falar sobre a história do rio, deitava em sua rede armada no alpendre de sua casa e se deixava ficar ali, por tempo indeterminado, mirando o horizonte, amargando uma saudade do tempo em que o tempo era apenas um aliado.

    Essa saudade eu também trazia em mim. Talvez por isso tenha decidido mudar.

## 2. TEMPO DE INFÂNCIA

Quando se é criança, o mundo é apenas um grande parque de diversões. E são essas as primeiras lembranças que trago em mim.

Lembro que, ainda bem pequeno, gostava de sair correndo atrás de meus irmãos e primos maiores. Era uma corrida sem finalidade. Corria-se por correr ou apenas para repetir os gestos dos calangos que dividiam com a gente o espaço da aldeia.

Meus irmãos e eu andávamos sem paradeiro e sem destino. Íamos a todos os cantos que nos eram permitidos pelos adultos. O igarapé era nosso principal objetivo, mas também tínhamos as árvores, enormes mangueiras que cresciam por toda a aldeia. Os maiores subiam com destreza e depois me ajudavam a subir também. Passávamos horas ali, brincando de navegar nos galhos da velha árvore, comendo mangas com farinha de mandioca.

Depois descíamos daquela parenta — é assim que tratamos a natureza — para procurar outras aventuras e brincadeiras. Arcos e flechas em punho, descia parte do igarapé à procura de peixes. Pés descalços, corpo nu, pintado apenas com motivos do clã, percorria grande distância numa solitária busca por alimento. É claro que isso não durava muito tempo, pois logo meus olhos avistavam frutas ao alcance das mãos. Assim passava de uma atividade a outra sempre exercitando a minha curiosidade pueril e minha destreza.

............

Na aldeia, o tempo não é o mesmo da cidade grande. Eu só descobri isso mais tarde, é claro. Mas é um exercício que gosto de fazer quando penso nas noites estreladas do verão. Naquele tempo, quando a noite já estava engolindo o dia, depois de horas de atividades que misturavam o brincar e o aprender, eu sentava próximo ao fogo para ouvir cantigas sonolentas, cantigas que me ensinavam a olhar para as estrelas e desejar morar nelas.

As velhas avós ficavam ali, meio deitadas, meio sentadas na rede. Os pés — que conheciam todos os caminhos — balançavam o corpo para a frente e para trás num ritmo lento e gostoso. Do outro lado estavam as meninas, umas catando os piolhos das outras, fazendo tranças no cabelo rebelde de tão liso que era. Eu ficava deitado no colo de minha mãe, que mexia em meus cabelos compridos me dando sensação de felicidade e abandono. À nossa frente, o fogo estalava a lenha verdoenga enquanto assava macaxeira, aipim, batata-doce, milho. Esse era o cenário que minha memória me informa ainda hoje.

Lembro que nessas noites ouvia as histórias que ainda fazem parte de minha vida. Histórias contadas pelas avós e pelas mães são sempre recheadas de suspense e um pouco de terror. É que as histórias tinham um poder muito grande de nos ensinar como conhecer melhor nosso interior, nossos medos.

Mamãe nos dizia sempre o cuidado que a gente tinha que ter com o desconhecido. Ela falava isso contando uma história que ela jurava que tinha acontecido de verdade. Nossas avós confirmavam isso dizendo da importância de confiarmos na nossa tradição, na história de nossa gente.

Mamãe contou que no tempo em que os animais falavam a mesma língua dos humanos, havia uma aldeia no coração da floresta. Ali, como de costume, os homens eram grandes guerreiros, combatiam outros homens vindos de lugares distantes. Tão envolvidos com a guerra, esses homens não sabiam caçar, ou melhor, eram péssimos caçadores. Quase toda gente se conformava em comer peixe e frutas do mato.

Um dia, quando todos os homens haviam saído para a guerra e ficado somente as mulheres, homens velhos, moças e crianças, apareceu um *pariwat*, um estrangeiro. Chegou quando o sol já tinha ido dormir, mas era tão branca sua cor que todos viram quando o estrangeiro atravessou toda a aldeia e foi instalar-se na casa dos homens — *ekçá* —, uma instituição de nossa cultura que não permite que mulher adentre, pois lá está o segredo da tradição. O *pariwat* entrou na casa, deitou na rede e pegou a flauta *kaduquê* passando a tocá-la com tanta paixão, tanta melodia que todos os que o ouviam ficavam extasiados. As moças ficaram apaixonadas pelo estrangeiro e as crianças adormeciam ao som divino da flauta.

Uma das moças ficou tão encantada que decidiu dentro de seu coração que haveria de casar com aquele moço, bom tocador de flauta. Ela começou a bolar um jeito de atraí-lo para fora da *ekçá*. Pensou, pensou e resolveu oferecer ao moço a bebida tradicional da nossa gente, o *daú*. Preparou a bebida com suas próprias mãos e a deixou, de propósito, ficar bem forte para que o estrangeiro gostasse dela.

Como a jovem não podia entrar na casa, parou diante da porta e começou a chamar pelo homem, que continuava tocar a flauta e nada percebia do que acontecia no lado de fora. Mas a pequena insistiu tanto que ele acabou ouvindo o grito que vinha lá de fora.

— Vem pra fora, *pariwat*. Trouxe pra você nossa bebida. Sei que você está cansado da viagem pela floresta e quero lhe oferecer nossa bebida sagrada, que reconforta o espírito do viajante.

— O que você quer de mim, jovem valente?

Não vê que estou tocando uma melodia para o Espírito da floresta?

— É por causa de sua música que estou aqui, meu nobre tocador. Ela me enfeitiçou, o espírito que a habita me mandou trazer-lhe o *daú*. Toma-o logo.

O *pariwat* não resistiu ao encanto das palavras da jovem e serviu-se da bebida. Tomou a primeira cuiada e sentiu o doce sabor percorrer sua língua. Achou deliciosa e pediu outra dose. Foi prontamente atendido pela jovem que, atenta, sentiu que seu plano estava dando certo.

O jovem tomou tanto *daú* que ficou embriagado. Quando não estava mais aguentando permanecer em pé, a moça o agarrou pelo braço e o levou para sua casa. Deitou-o na sua rede e juntos ficaram quase a noite toda, corpos colados, namorando na rede até adormecerem.

No entanto, logo que os passarinhos lançaram seus primeiros pios anunciando a alvorada, o *pariwat* pulou da rede assustado, tomando consciência do que havia acontecido. Imediatamente comunicou à moça que deveria partir. Esta, chorosa, não entendia o porquê da partida.

— Não vá, *pariwat*. Fique comigo. Gostei muito de você. Quero casar com você.

— Não, bela jovem. Não posso ficar, entenda. Se eu ficar, morrerei e, se eu morrer, do que valerá ter ficado?

— Do que você está falando, meu amado?

— Sou um ser da floresta, vivo apenas de noite. Se o dia me pega aqui, morrerei. Tenho que partir.

A moça continuava chorando desesperadamente agarrada às pernas do estrangeiro. Ele tentou desvencilhar-se dela, mas não conseguiu. Fez-lhe, então, um ultimato.

— Minha linda flor das árvores cheirosas, gostei muito de estar com você. Apenas lhe digo que minha permanência com você não é possível. Por isso, peço-lhe que me deixe partir para que eu viva.

— Não saberei viver sem você.

— Como prova de meu carinho, doce menina, vou deixar-lhe um presente. Deixarei um presente dentro de você. No entanto, você deve me prometer que nunca vai permitir que matem ou destruam o que de você irá nascer. Seus filhos trarão um pouco de medo no começo, mas depois eles serão a alegria de todo o seu povo.

Dito isso, o estrangeiro virou as costas à moça e correu para a escuridão da mata, deixando-a prostrada em lágrimas.

Passaram alguns dias e os homens voltaram da floresta. As mulheres que ficaram na aldeia delataram a eles tudo o que havia acontecido em sua ausência. Os homens ficaram furiosos e foram ter com a moça:

— Você foi muito infeliz consentindo que esse estrangeiro deitasse em sua rede, minha irmã. O que você diz em sua defesa?

— Nada posso dizer, irmão meu. O canto dele me enfeitiçou e nada pude fazer. Fui atraída por ele como a perdiz o é pela semente do inajá.

— Agora nada poderemos fazer. Você deu sua própria sentença de morte.

— Que assim seja. Essa é a tradição de nossos pais. Eu violei a regra e tenho que pagar por isso. Peço, no entanto, pela vida do ser que trago dentro de mim.

— Também ele terá que sofrer as consequências do ato de sua mãe.

— Que culpa tem ele?

— Culpa de ser filho de um ato impensado. O assunto está encerrado.

A jovem muito chorou ao perceber que nada poderia fazer, mas lembrava-se a cada dia da promessa que havia feito ao *pariwat*. Os meses passaram e a gravidez da moça foi ficando mais evidente. Todos na aldeia estavam curiosos com o que havia de nascer. Assim, quando os meses foram cedendo e a hora do parto estava chegando, dezenas de pessoas se empinhocaram na casa da jovem.

O que saiu de dentro da barriga da mulher não foi apenas um, mas três, três pequenos e graciosos cachorros. Como nunca se havia visto nada igual, todos se assustaram: os homens esbravejavam imaginando ser um demônio; as mulheres choravam acreditando ser uma besta, uma fera. O chefe da aldeia pegou seu tacape nas mãos para acabar com a vida daqueles pequenos e feios seres que saíram de dentro da jovem. Esta, porém, ainda mesmo desfalecida pelo trabalho de parto, agarrou seus filhos no colo, empurrou os espectadores para o lado e correu em direção da floresta. Correu muito, correu sempre. Os homens — passado o susto — colocaram-se a correr atrás dela, armas em punho, a fim de destruí-la e a seus filhos. A jovem, que era grande conhecedora da floresta, conseguiu chegar a um lugar ermo, desconhecido de todos e pôde descansar junto com sua cria. Armou sua casa e desfaleceu de cansaço e dor pela incompreensão dos seus.

Quando acordou, horas depois, viu que seus pequenos se alojavam em seus seios buscando alimento. Assim, foram vivendo naquele pequeno espaço da floresta. Com o passar dos dias e dos meses, os três filhotes foram crescendo, crescendo, crescendo de tal modo que o leite da mulher já não era suficiente para sustentar tamanha fome e ela não sabia como iria dar de comer para seus famintos filhos. Foi então que ela percebeu que seus filhos eram excelentes caçadores, velozes corredores e conhecedores dos caminhos da floresta. Eles passaram a abastecê-la com saborosas carnes de caça que ela preparava ao fogo. Essas suculentas iguarias a tornavam forte de novo e cheia de vontade de viver.

Com o passar dos anos — e a história contada por mamãe era entrecortada pelo sono que arrebatava —, a jovem começou a sentir o desejo de voltar para casa. Seus filhos, que haviam aprendido a gostar da aldeia, por causa das histórias que ela sempre lhes contava, gostaram da ideia, embora um pouco desconfiados. "Talvez a aldeia ainda nos queira ver mortos", pensavam. A mãe, no entanto, já tinha tomado a decisão de voltar. Combinaram, então, que ela iria sozinha para ver se as coisas tinham mudado por lá. Só depois chamaria, se tudo corresse bem, os filhos para a ela se juntarem.

Assim aconteceu. Chegou à aldeia logo que a noite cuspiu o dia de seu ventre. Vinha devagar, observando o despertar das pessoas. No momento em que foi notada houve um alvoroço entre todos. O chefe foi imediatamente avisado e acorreu ao local. Trazia o tacape em uma das mãos e o rosto fechado no alto da cabeça. Quando aproximou-se da jovem, ergueu a arma e a atirou no chão, abriu os braços e deu as boas-vindas a ela.

— Que bom que você voltou, minha irmã. Estávamos com muita saudade de você.

— Minha aldeia não quer mais minha morte?

— Claro que não. Venha comigo. Vamos comemorar seu regresso. Onde estão meus sobrinhos?

— Eles não vieram. Ficaram com medo de serem assassinados.

— Nada disso. Pode chamá-los. Eles serão muito bem-vindos em nosso meio.

A moça, que continuava um tanto desconfiada dessa cordialidade, levantou o braço e acenou em direção da mata. De lá saíram os três filhos do *pariwat*. Vinham andando bem devagar, com certo receio. De repente, uma turba de crianças correu ao encontro deles e passou a brincar com aqueles novos parentes, que corresponderam a tão carinhosa recepção.

Daquele dia em diante — conta minha mãe —, nossa gente foi aprendendo a arte da caça e tornando-se um povo de grandes caçadores graças à ajuda dos pequenos filhos do estrangeiro.

Quando minha mãe acabou de narrar a história, tomou fôlego e concluiu dizendo:

— Foi assim que surgiram os cães entre nós, meu filho. A gente não conhecia esses seres. Eles vieram de longe, do estrangeiro e nos ensinaram a arte da caça. É nisso que nossa gente acredita. Nós, mulheres do nosso povo, nunca nos negamos a oferecer os seios para nenhum ser da floresta, pois ele pode ser um encantado que esteja querendo nos ensinar novas artes para viver bem.

Era assim que, pequenino, recebia os ensinamentos da tradição. As histórias me iam ensinando o jeito de ser do meu povo, iam me introduzindo na crença da minha gente, iam me fortalecendo o espírito, iam me tornando uma criança feliz, livre, mas ligada à memória ancestral, raiz de todo o saber da minha gente.

## 3. TEMPO DE APRENDER

Quando cheguei pela primeira vez à cidade fiquei com muito medo de algumas coisas. Estranhei os prédios — caixas de fósforos empinhocadas umas sobre as outras. Achava estranho o elevador — uma caixa dentro de outra caixa que levava as pessoas para cima e para baixo. O que me causava maior espanto, porém, era o chuveiro. Achava engraçado alguém conseguir aprisionar a chuva e levá-la para cima por meio de canos. Para mim, era como se alguém tivesse descoberto o grande segredo da chuva e agora o disponibilizasse para todo o mundo. E, em alguns lugares, a chuva poderia ser quente ou fria!

Todo esse "estranhamento" foi diminuindo à medida que ia conhecendo melhor a cidade e sua forma de ser. Aos poucos, fui aprendendo a olhar para ela com maior admiração e coragem. Isso acontecia conforme ia lendo livros e convivendo com as crianças de minha idade enquanto frequentava a escola.

Um dia, meus pais chegaram em mim e me disseram que eu precisava escolher: ficar na aldeia ou ir para a cidade continuar meus estudos.

Isso tinha algumas implicações:

1. deixar para trás a vida livre que sempre vivi;
2. contentar-me com o fato de ficar solteiro;
3. deixar a jovem que seria minha esposa;
4. deixar amigos;
5. enfrentar o novo, o diferente, conhecer gente nova.

Por outro lado, teria a oportunidade de cumprir a promessa que havia feito para meu avô por ocasião de sua morte. Eu havia prometido a ele que não deixaria nunca de aceitar minha condição como pessoa e que procuraria levar a verdade que ele havia me ensinado para todo mundo.

............

Sei que ainda não falei disso, mas meu avô era um homem muito sábio. Desses sábios que de tanto saber coisas todo mundo ia lá para perguntar e querer tirar algum tipo de informação. Ele ouvia as pessoas sempre com muita paciência e a todos dava conselhos e remédios sem nunca pedir nada em troca.

Meu avô conhecia tanta coisa que eu ficava me perguntando de onde ele tirava tanta informação. Um dia eu cheguei até ele e perguntei mesmo:

"De onde o senhor tira tanto saber, meu avô?" Ele levantou os olhos para mim e disse simplesmente: "Eu sonho, meu neto. Sonho com os espíritos de nossa gente e eles vão me dizendo o que devo fazer para curar as pessoas".

Isso me deixou intrigado, pois não sabia que também se aprendia por meio do sonho. Aí fui perguntar para o meu pai. Ele me disse:

— O sonho, meu filho, é como um mensageiro dos espíritos de nossos antepassados. Por meio dele nos ensinam, nos dão conselhos, nos protegem e nos comunicam os acontecimentos. Nós dormimos pra sonhar, filho. Nunca esqueça isso.

Nunca esqueci. Até porque foi meu avô que depois me fez entender ainda melhor o que meu pai tentou me dizer. Fez de maneira bem simples, como quem planta mandioca na terra fofa. Um dia ele me contou a seguinte história:

— Havia um homem que gostava de morar sozinho. Tinha apenas a companhia de alguns animais a quem chamava sempre de "meus filhos". Vivia numa casinha bem simples. Tinha apenas uma mesa que ele próprio construiu, seu fogão de lenha e umas panelas de barro que estavam sempre na beirada do fogão. Nada mais tinha. Ali ele passava os dias. De manhã, logo ao acordar, saía no terreiro, erguia os braços para o alto e cantava uma antiga melodia. Logo "meus filhos" se juntavam a ele e o acompanhavam naquele estranho ritual. Sua alegria era tão grande e intensa que as pessoas que por lá passavam diziam que era apenas um louco.

Meu avô deu uma parada na voz — ele sempre fazia assim para respirar. Depois, olhando para os lados como a procurar algo, fixou seus olhos nos meus e continuou sua narrativa:

— Aquele homem sabia viver com tanta simplicidade que passou a chamar a atenção de outras pessoas que queriam porque queriam saber de onde vinha tamanha alegria. Assim, uma porção de gente chegava bem cedo para observar o ritual do velho homem na vã tentativa de descobrir seu segredo. No começo o homem não se incomodou porque era muito generoso e não sabia negar nada que lhe pediam. As pessoas foram aumentando em número e curiosidade e disso o velho não gostou muito.

Uma noite, enquanto o homem dormia dentro de sua casa, chegaram algumas pessoas que não entendiam por que o velho só falava durante o dia e se negava a recebê-los à noite. Uma dessas pessoas começou incitar os outros a gritar pelo velho homem.

— Venha para fora, bondoso homem. Nós queremos ouvir suas palavras de sabedoria — dizia um.

— Precisamos ouvi-lo agora, pois viajamos o dia inteiro e estamos cansados e com fome e ainda precisamos seguir nosso caminho — gritava outro.

— O senhor não pode ficar descansando enquanto estamos aqui fora, no relento da noite.

O velho dormia tranquilamente apesar dos apelos que se multiplicavam lá fora. Os gritos, no entanto, foram ficando mais fortes até que o homem, não conseguindo manter seus olhos fechados, levantou-se, abriu a porta de sua surrada casa e caminhou até o meio do terreiro, conduzindo nas mãos um pequeno candeeiro. Ali chegando acocorou-se e com o seu cajado fez um círculo colocando-se no centro.

Os visitantes ficaram curiosos em saber o que ele estava fazendo e de longe lhe perguntavam. Ele, porém, manteve-se em silêncio o tempo todo em que acolheu "meus filhos" no centro do círculo. Depois disso ergueu-se e, apoiando-se em seu cajado, elevou as mãos para o céu e disse a todos:

— Quem não consegue deixar que outra pessoa durma seu sono para sonhar seu sonho, não pode estar preparado para ouvir palavras que vêm de longe. Adeus.

Dito isso — assim mesmo, dessa maneira — o velho acocorou-se e imediatamente veio uma nuvem de fumaça que o encobriu, e ele e "meus filhos" desapareceram como num passe de mágica.

Fiquei calado, mudo, pasmo depois de ouvir aquela história que meu avô jurava ser verdadeira. Minha cabeça infantil tentava compreender o que se havia passado de verdade, mas, confesso, não consegui captar direito o ocorrido.

Meu avô pressentiu minha dúvida e fez apenas um comentário que foi o suficiente para mim. Ele disse:

— O sonho é a arma de quem vive desperto, acordado. Não dormimos para descansar o corpo, dormimos para falar com os espíritos que habitam o mundo de lá!

...........

Assim era meu avô, sabido, cheio de diplomas nas coisas da floresta. Foi por causa das coisas simples que ele me ensinou que um dia lhe fiz a promessa de continuar levando aonde quer que fosse a sabidez dele. Fiz essa promessa no dia em que ele morreu. Sobre seu corpo me debrucei chorando — um-menino-quase-homem — e balbuciei minha promessa: seria professor. Melhor, seria confessor de meus sonhos. Seria do jeitinho que ele tinha sido para mim. Queria poder contar para os jovens os sonhos que tinha para mim mesmo. Meu desejo era que eles contassem também os deles e, assim, construíssemos uma forma diferente de nos relacionar uns com os outros.

Antes disso, no entanto, precisava aprender as coisas da cidade para que pudesse compreender o pensamento "quadrado" do povo das caixas. Foi assim que deixei minha aldeia para aventurar-me num mundo que me causava estranhamento e uma certa angústia. Nessa época tinha apenas quinze anos de idade. Tinha acabado de passar pelo ritual da maioridade e já estava com idade de casar e aí veio minha segunda crise.

## 4. TEMPO DE ESCOLHER

Nunca pensei que escolher fosse tão difícil. Escolher entre a tradição e a vida moderna na cidade. Escolher largar a vida toda certinha que levava por uma outra toda cheia de dúvidas e dificuldades. Largar a certeza de uma vida feliz ao lado de uma mulher especial que conhecia desde menino por uma promessa que havia feito quando ainda estava em preparação para a vida adulta.

Escolher, no entanto, sempre fez parte da minha vida. Foi assim que tive que viver quando passei pelo ritual da maioridade em que tive que ficar alguns dias sozinho dentro da floresta para testar meus conhecimentos e minha coragem.

Lembro que minha mãe chorou quando tive que entrar no mato junto com os outros amigos. Chorou por dois motivos: poderia não voltar e, quando voltasse, por não poder mais me chamar de criança. Depois que voltasse já não seria mais um garoto, um menino-quase-homem, seria um homem formado, com responsabilidades sociais e com o coração voltado para o bem-estar de nossa gente.

Eu entendia minha mãe, é claro. E ela entendia que isso era importante para nós, jovens em formação. Seu choro nos lembrava seu carinho e sua despedida. Ela sabia da importância de nos deixar ir.

............

Quando se entra na floresta é preciso ter muito cuidado. A floresta é nossa grande aliada, mas é também uma armadilha repleta de surpresas. Não é muito fácil sobreviver na floresta caso não se tenha conhecimento sobre ela. Esse conhecimento nos era passado por nossos pais de forma a nos tornar familiar o ambiente que teríamos como nossa principal fonte de vida.

Meu pai era um homem muito sabedor das coisas da mata. Andava sempre com seu arco e flecha nas mãos e percorria grande distância atrás da caça que desejava. Chegava a passar vários dias perambulando pela floresta. Ele dizia que andava para ouvir as vozes da tradição. Isso despertava muita curiosidade em mim e me deixava curioso para também fazer esse caminho.

Ele também nos dizia do perigo que sempre corria: "Gente como a gente não pode ficar desprotegida. A atenção é tudo quando se caminha por lugares desconhecidos. Toda vez que ando pela floresta fico muito atento porque sempre acho que estou andando por ali pela primeira vez", me dizia ele com um tom de sabedoria.

Foi meu pai quem me preparou para ir à floresta. Um dia ele me pegou pela mão e me levou para um lugar bem distante da aldeia. Fomos de canoa. Ele remava como se estivesse acarinhando as águas do igarapé. Seus braços fortes faziam o gesto, mas seus olhos, que fitavam o horizonte, estavam sempre procurando algo.

Lembro como se fosse hoje. Meu pai foi até a proa da canoa e armou seu arco e sua flecha. Fez um silêncio sepulcral. Fitou com olhos de falcão o movimento dos peixes sob a canoa. Seu corpo estava inerte e sua atenção toda voltada para sua ação. Pouco tempo depois, assentou-se novamente na proa, olhou-me e disse: "Hoje não é um bom dia para morrer". Fiz uma cara feia, acho, porque ele se apressou em explicar-me: "Os peixes me disseram que hoje não é um bom dia para morrer, meu filho. E eu tenho que obedecer. Hoje não comeremos peixe". Fiquei abismado com a afirmação dele que apenas deu de ombros e disse: "Essa é a nossa tradição, nosso jeito de viver. É assim que tem de ser". Depois disso continuou o caminho e, quando viu uma bela plantação de banana, abacaxi, cacau, parou o barco e ofereceu-me uma deliciosa refeição composta de frutas. Naquele dia gostei ainda mais de meu pai.

...........

Dias depois meu pai me pegou pelas mãos e disse que precisávamos andar pela floresta. Fui sem medo. Andamos durante mais de uma hora por caminhos que eu não conhecia. Vez ou outra meu pai cortava uma raiz e me dava para mascar. Ele dizia que ajudava a matar a fome. "Quem anda no mato não pode levar muito peso. É preciso alimentar-se de forma sóbria para que o cansaço não tome conta do corpo e o deixe enfraquecido para o ataque dos inimigos." Continuamos a andar até chegar a uma clareira. Fazia um sol de rachar o crânio! Paramos sob uma grande árvore. Sentamos para um descanso rápido. Ali, meu pai perguntou-me:

— O que você está ouvindo, meu filho?

Agucei meus ouvidos, mas nada ouvia. Dei com os ombros.

— Continue tentando ouvir. O silêncio sempre nos diz algo.

— Mas nada ouço, meu pai.

— Você está querendo ouvir as coisas de fora, pequeno guerreiro. Antes de ouvir com os ouvidos de fora, é preciso ouvir com os de dentro.

— Como assim, pai?

— Há coisas que só podemos ver quando fechamos os olhos. Há coisas que só podemos ouvir tapando os ouvidos do alto da cabeça. Quem vive do mato sabe a importância de ouvir com nosso ouvido de dentro.

— E o que tenho que ouvir?

— O que você tem dentro?
— Meu coração.
— E o que mais?
— A tradição de nossos avós. Ela mora dentro da gente. Está arraigada como um pé de mandioca. A mandioca só se deixa tirar quando ela está no ponto de ser usada. Assim é nossa tradição. Ela nos ensina coisas bem importantes para nossa vida. Por isso precisamos de tempo para aprender o que ela nos ensina.

### *A onça que era dona do fogo*

Foi aí que ele contou uma história muito antiga, falando da necessidade de estarem o tempo todo voltados para ouvir o que a mãe-terra tem para nos oferecer. Ele contou que, num tempo muito distante, quando homens não dominavam a arte da caça e da pesca e ainda não haviam dominado o fogo, havia dois irmãos que moravam numa mesma casa.

Um dos irmãos era adorado por todo mundo por ser o tempo todo trabalhador, disponível e muito alegre com todos. Além disso, era casado com a mais bela moça da aldeia com quem andava sempre junto e a quem dedicava seu carinho.

O outro irmão era preguiçoso, lento e sem disponibilidade. Vivia reclamando da vida e sempre se aproveitava do trabalho dos outros para sobreviver. E era também muito invejoso da popularidade de seu irmão.

Um dia, não suportando mais tamanha popularidade, ficou pensando um jeito de livrar-se para sempre do irmão. Ficou ainda mais determinado quando pensou que, se caso o irmão morresse, ele seria o novo esposo de sua cunhada. Não pensou duas vezes e já foi tramando uma forma de acabar com o seu rival. Montou então um plano: convidaria seu irmão para ir até a mata para buscar mel, coisa de que ele tanto gostava.

Depois de tantas tentativas para convencer seu irmão, conseguiu levá-lo para o mato prometendo que ele não se arrependeria, pois havia achado uma colmeia muito grande da qual poderia ficar com a metade.

— Você não pode ir até lá sozinho? — perguntou.

— Eu posso, mas você sabe como sou, né? Não tenho muita disposição nem criatividade para subir na árvore gigante para tirar o mel. Preciso de sua ajuda.

— Tudo bem. Vou lhe acompanhar, mas não podemos demorar muito, pois tenho muito trabalho para fazer aqui na aldeia.

— Tudo bem, meu irmão. Você vai gostar da doçura desse mel.

Assim, os dois se puseram a caminhar pela mata. Andaram por mais de duas horas até o local que o malvado tinha preparado para fazer a emboscada. Quando lá chegaram, o bom moço viu que havia uma grande árvore, mas não conseguia ver nenhuma colmeia lá em cima. Desconfiado, disse que ia embora. O irmão, porém, não o deixou partir dizendo que a colmeia estava lá em cima e que precisava dele para construir uma grande escada que os ajudasse a chegar até lá.

Assim aconteceu. Quando terminaram de construir a escada o perverso irmão obrigou o outro a subir na árvore para tirar o mel. Ainda que contrariado ele subiu na escada até o alto da árvore. Quando lá chegou ficou à procura da colmeia prometida e nada viu. Apenas ouviu o baque surdo da escada caindo no chão.

— O que você está fazendo, meu irmão?
— Tirei a escada de propósito para que você não possa descer.
— Por que você está fazendo isso?
— Porque já estou cansado de ouvir todo mundo elogiá-lo e ninguém se importar comigo.
— Foi você mesmo que construiu sua vida assim.
— Eu sei disso, mas agora chegou minha vez de me vingar de você. Vou poder ver você morrer e ainda casarei com sua mulher.

Disse isso e soltou uma estrondosa gargalhada que se ouviu muito longe. Depois sentou-se ao pé da árvore para que o tempo passasse e seu irmão fosse morrendo aos poucos.

Nos primeiros dias, o irmão, impossibilitado de descer da grande árvore, reclamava e implorava para que o malvado colocasse a escada no lugar. Este, porém, não dava ouvidos ao apelo do irmão, que ia enfraquecendo a cada dia e sentia o corpo implorar por comida e água. E tanto se fragilizou que não conseguia mais falar, permanecendo em silêncio por longo período até adormecer.

Quando o irmão malvado se deu conta de que o menino não mais reclamava, começou a chamá-lo e como não tivesse resposta achou que estava morto e ele poderia ir embora. Assim o fez.

Acontece, no entanto, que o jovem estava apenas dormindo, já consumido pela fome e pela sede. Foi aí que apareceu uma enorme onça. Caminhava sob a árvore e com seu aguçado faro percebeu que havia uma pessoa lá em cima. Olhou ao redor e viu que uma escada estava ali, abandonada. Colocou a escada na árvore e foi subindo lentamente. Quando chegou ao alto notou o garoto caído, desfalecido. Fez algum barulho enquanto jogava água no rosto dele que se espantou e quando se viu diante daquele felino deu um forte grito de medo. A onça o acalmou:

— Não precisa ficar com medo, meu cunhado. Não vou lhe fazer nenhum mal.

— Como saberei se diz a verdade?

— Não saberá se não confiar. Diga-me, o que aconteceu? Por que meu cunhado está aí, sozinho e faminto?

O jovem contou, então, toda a história ao parente-onça, que o escutou com muita atenção.

Quando terminou de falar, a onça disse:
— Meu cunhado quer descer daqui?
— É claro que quero.
— Meu cunhado quer conhecer um segredo que guardo comigo há muito tempo?
— Que segredo é este?
— Só posso dizer-lhe caso meu cunhado prometa que vai descer comigo e ser meu filho para sempre.
— Como assim, ser seu filho?
— Eu não tenho filhos. Minha esposa não quer me dar um bebê e isso é o que mais quero na vida.
— Mas como posso ser seu filho sendo tão diferente?
— Vou cuidar de você. Ensinarei todas as coisas para que se torne um grande caçador. Você terá tudo o que a floresta puder oferecer. Apenas terá que abrir mão de sua vida.
— E meus pais e amigos? E minha esposa?
— Nenhum deles poderá jamais encontrá-lo. O que você escolhe?

O menino pensou e imaginou que poderia enganar a onça e fugir depois que descesse da árvore. Raciocinando assim decidiu aceitar as condições que a onça lhe impunha.

A onça, desconfiada como sempre, vendou os olhos do rapaz antes de colocá-lo nas costas e descer escada abaixo. Mesmo se sentindo incomodado, nosso herói deixou que a onça o conduzisse.

Depois de um bom tempo de caminhada a onça tirou a venda dos olhos do menino e pediu-lhe que contemplasse o que estava diante de sua vista. O jovem olhou bem e o que viu o deixou extasiado. Era um lugar maravilhoso que nunca tinha lhe passado pelos olhos.

— Esta é minha casa e será sua daqui para a frente.
— Estou com fome, meu pai.
— Venha até minha casa.

Os dois seguiram andando pela floresta. De repente, o pai-onça estancou e indicou-lhe um acampamento todo montado. Havia uma rede atada onde o menino deitou-se para descansar. Havia, ali, algo brilhante que chamou a atenção dele.

— O que é isso, meu pai?
— Isso é o fogo, meu filho. Foi dado às onças pelo nosso Criador. Somos os guardiões do fogo.
— Para que serve o fogo?
— Para assar nossa comida. Ele faz com que nossa comida fique mais gostosa e apetitosa. Assim podemos nos manter fortes e saudáveis.

Dizendo isso, o pai-onça foi logo tirando um pedaço de carne assada e dando ao menino que a degustou com muita sofreguidão. Ele achou aquilo delicioso. Comeu tanto que acabou a comida disponível no acampamento.

O pai-onça o acompanhava com um sorriso feliz.

— Vou ter que ir à floresta buscar mais carne para assar no fogo. Você fica aqui e descansa. Logo eu volto.

O menino ajeitou-se na rede e ali ficou.

Mais tarde, passado um tempo, ele foi acordado por um rugido muito forte. Era a mãe-onça, esposa de seu pai.

— O que você faz em meu acampamento, forasteiro? Quem lhe deu ordem de deitar em minha rede?

O menino tremia de medo diante da ameaça que recebia.

— Foi meu pai, o onça, que disse para que eu ficasse aqui.

— Seu pai? Quem disse que você será meu filho? Não quero ter um filho. Muito menos feio como você. Pode sumir daqui imediatamente. Vou sair para apanhar lenha e quando voltar não quero mais ver você aqui!

Para provar que não estava brincando, a fera arranhou o menino com tanta força que ele não resistiu e chorou de dor. Como tinha prometido esperar o pai na rede, o menino não moveu um passo.

Momentos depois o pai-onça chegou. Quando ele viu o estado em que estava o garoto imediatamente perguntou quem fez aquilo com ele.

— Foi a mãe-onça, meu pai. Ela disse que não me quer aqui.

— Mas ela não é a dona daqui. Ela não pode dizer isso para você.

— Ela disse, meu pai. Ela disse.

O pai-onça foi logo tratando de cuidar das feridas que a onça deixou no corpo do garoto.

Preparou mais um pouco de alimento assado e ofereceu a ele que comeu com gosto.

Naquele dia a mãe-onça não apareceu. Mas surgiu no dia seguinte quando o pai-onça já havia saído para uma nova caçada. Ela encontrou o menino na mesma rede e não o perdoou. Foi logo atacando com voracidade.

Acontece, no entanto, que o pai-onça tinha deixado com ele um apito que poderia usar quando estivesse sendo ameaçado pela mãe-onça. Embora com medo, o menino soprou bem forte no momento em que ela já estava avançando sobre ele. Nesse instante, saiu da floresta o pai-onça, que brigou com a mãe-onça em defesa do jovem. Foi uma briga e tanto! Os dois se engalfinhavam de tal maneira que o menino pensou que ninguém sairia dali vivo. A briga durou várias horas e, quando tudo parecia estar perdido, o pai-onça deu uma patada certeira na jugular da mãe-onça que a fez cair para trás, inerte. Havia morrido. Cansado, o pai-onça sentou-se no chão e desfaleceu.

O menino ficou muito assustado, pensando que o pai também morreria. Correu e tomou conta dele. Fez remédio, curativo, preparou comida, deu-lhe água até que sentiu que seu pai estava fora de perigo.

Dois dias depois, o pai-onça já estava recuperado e passou todo seu conhecimento das artes da caça e do arco e flecha ao menino, que tudo aprendia admirado da destreza de seu pai.

Assim viveram por algum tempo. Tudo era fartura, tudo era felicidade. Um dia, porém, o menino sentiu saudades de casa. Chamou o pai-onça para perto de si e disse:

— Meu pai, minha felicidade é muito grande a seu lado. Tudo eu tenho aqui: comida farta, bons amigos, um lugar lindo para morar, mas algo está me faltando.

— O que será, meu filho?

— Está me faltando a companhia de meus pais, dos meus irmãos, de minha mulher. Estou sentindo falta de conversar com gente que nem eu. Preciso voltar para o seio de minha família.

— Você não pode partir, meu filho. Deu-me sua palavra que ficaria para sempre aqui comigo.

— Eu sei disso, pai, e, se você assim o desejar, ficarei para sempre em sua companhia. Mas ficarei muito infeliz.

O pai pediu um tempo para pensar. Andou sozinho pelos campos e florestas. Estava absorto em seus pensamentos e não sabia que atitude tomar diante daquele pedido inusitado que o filho lhe fez. Sentia-se um pouco traído, mas não conseguia tirar a razão do menino.

— Você pode ir, meu filho.

— Tem certeza, meu pai? Não vai ficar bravo comigo?

— Claro que não. Não posso prendê-lo comigo se seu coração está em outro lugar. Saiba, no entanto, que quando você sair daqui nunca mais poderá retornar e tudo aquilo que aqui viveu irá esquecer.

— Como assim, meu pai? Tudo o que me ensinou terá sido em vão?

— Assim é a regra. Você poderá, no entanto, fazer dois pedidos.

— Quero levar o fogo e a arte da caça ao meu povo. Com isso poderemos viver mais felizes.

— Você pode levar o fogo e a arte da caça. Vá em paz.

Dito isso, colocou o menino sobre suas costas e o vendou como havia feito em sua chegada.

— Você nunca mais verá este lugar. Quem souber da sua existência virá destruir minha casa.

— Não contarei a ninguém, meu pai.

— Mesmo que queira contar não se lembrará de onde é a passagem para este mundo.

Os dois partiram. Depois de algum tempo de caminhada, o pai-onça deixou o jovem próximo à aldeia. Os dois se despediram dolorosamente.

— Vou contar pra nossa gente sobre sua amizade. Nosso povo nunca irá se esquecer de sua generosidade e nunca irá caçar nossos parentes-
-onças.

— Que assim seja, meu filho.

Os dois se abraçaram e cada um seguiu seu caminho.

Quando o jovem guerreiro chegou à sua aldeia houve um grande rebuliço. Muitos dos moradores achavam que estavam vendo um fantasma, pois sabiam que o menino estava morto. Ele chamou todo mundo para perto de si e contou toda a história para sua gente, que ouviu silenciosamente a narrativa.

Quando acabou, tirou do cesto que trazia em suas mãos duas brasas ardentes e com elas acendeu um fogo baixo, que deixou todo mundo atônito. Depois, assou um pedaço de carne de macaco e ofereceu a todos que o rodeavam. Quando provaram daquela delícia, ficaram maravilhados e o aclamaram herói.

O jovem, no entanto, não viu sua esposa no meio da multidão e perguntou por ela.

— Seu malvado irmão a desposou logo que sua morte foi anunciada — comentou a mãe do jovem.

— É assim a nossa regra — disse outra pessoa.

— Mas agora eu voltei. Eu não morri. Todos fomos enganados por esse mentiroso. Eu quero me vingar dele e desfazer esse casamento.

Todos concordaram com ele e se puseram a procurar o irmão que havia se escondido dentro de sua casa quando soube da chegada do menino.

A comunidade foi ao seu encalço e o trouxe ao centro da aldeia. Fez com que ele confessasse seu crime. Como castigo, foi banido da aldeia para nunca mais voltar.

O jovem e sua esposa voltaram a viver juntos e felizes. Toda a comunidade passou a aprender como manejar o arco e a flecha e a manter o fogo aceso sempre.

Dizem que, algum tempo depois, os ossos do malvado irmão foram encontrados dentro da floresta. Alguns acreditam que foi o pai-onça que o destroçou por conta da maldade que fez com seu filho adotivo.

............

Quando voltei da floresta, depois de ter ido cumprir meu ritual de maturidade, escolhi deixar minha aldeia para cumprir a promessa que havia feito ao meu avô. Iria abrir mão da minha vida social, junto com meu povo, para levar o saber de nossa gente para as gentes das cidades. Era uma troca do certo pelo duvidoso, mas tinha certeza de que contaria sempre com o apoio de minha gente, do meu povo.

## 5. TEMPO DE OBSERVAR

Foi assim que me tornei professor. Fruto de uma promessa. Tinha vontade de ser igual ao meu avô, um professor de verdade que sabia ensinar com poesia e alegria. Queria trazer isso para minha sala de aula.

Não foi, no entanto, tão fácil como parece. Dentro de mim tinha a vontade, o desejo de ser um "confessor de sonhos", como dizia sempre meu avô. Conhecia a palavra necessária. Não tinha, porém, as ferramentas. Estas, eu precisaria obter para não correr o risco de ficar fragilizado diante das pessoas.

No meu processo de formação tive que andar pela cidade, conhecer coisas que antes não conhecia e viver aventuras que antes não tinha vivido. Precisava conhecer bem os "rituais" que a cidade me apresentava para poder caminhar com passos seguros.

Estudei muito. Reconhecia que minha preparação intelectual era muito frágil perto da formação que as outras pessoas recebiam nas escolas da cidade. Eu vinha de uma escola da floresta onde se aprendem coisas importantes para a vida, mas muito pouco úteis para a cidade dos automóveis. Claro que me serviria o que havia aprendido lá, mas sabia que teria que correr mais riscos se quisesse cumprir meus objetivos.

............

No começo foi muito difícil. Entrei numa escola profissionalizante. Estudava de manhã as disciplinas escolares "normais" e, à tarde, ia para as oficinas aprender uma profissão. Era a vontade de meu pai que sempre me dizia da importância de saber algo útil para a vida.

Meu pai era carpinteiro. Gostava de serrar madeira para fabricar brinquedos. Eu achava aquilo maravilhoso. Ele tirava coisas novas de algo aparentemente sem forma. Pegava a árvore e dava uma nova roupa para ela. Tinha destreza nas mãos, era um grande artesão.

Um dia, ao saber que ia embora, me chamou a um canto e disse:

— Você vai partir, meu filho. Pode ir. Você já passou pelos rituais de maioridade do nosso povo. Você já é um homem. Tem minha benção.

— Você acha que tenho que ir, meu pai?

— Você tem que ir mesmo que eu diga pra ficar. A escolha é e sempre será sua, de mais ninguém.

— E se eu não conseguir?

— Volte para casa. Aqui sempre terá acolhida. Mas, saiba, quem viveu o que você viveu e quem sabe o que você sabe já não precisará de mais nada para viver bem. Precisa apenas não esquecer do óbvio.

— O que é tão óbvio, pai?

— A simplicidade para encarar os desafios, o domínio de si e a alegria de ser o que é. Sabedor disso, você será imbatível.

— E se eu esquecer essas coisas?

— Pense na sua gente aqui do mato. Pense em seu pai serrando madeira para fazer brinquedos: eles já estão lá dentro da árvore, esperando que alguém lhes dê forma. Para isso basta usar as ferramentas certas.

Palavras que eu não esqueci nunca. Guardei-as em mim. Meu pai era um grande arquiteto de palavras. Ele sabia colocá-las dentro da gente de forma muito sábia.

..........

A universidade é lugar para poucos. Não que eu ache que apenas alguns tenham direito a frequentá-la, mas, por força das ideias que circularam pelo Brasil em tempos idos, foram criadas certas dificuldades para que todos tivessem acesso a ela. Coisas de sistema, vontade de domínio. Algumas pessoas continuam achando que são melhores que outras. Querem controlar o saber para dominar as mentes.

Descobri isso na universidade. Chamam a isso de teoria, uma coisa que nunca entendi direito. Custava a entrar na minha cabeça porque estava acostumado a viver em uma sociedade na qual as pessoas são iguais. Não iguais no sentido de não ter pensamento próprio, mas no respeito aos outros, às suas ideias.

Na aldeia onde cresci, todos sabiam fazer as mesmas coisas, dançar os mesmos passos, cantar as mesmas músicas. Minha mãe dizia que era para não nos considerarmos melhores que ninguém. Quando dançamos em círculo, sabemos que temos que respeitar os passos dos outros para chegar à harmonia e, assim, manter o céu suspenso. Forma simples de viver.

A universidade ensina o contrário. Quanto mais se sabe, mais se domina. Foi doloroso aprender e aceitar isso. Foi difícil ver como isso acontecia na prática cotidiana. Nossos professores incutiam em nossa cabeça que essa era a realidade do mundo e que tínhamos que aceitar essa verdade ou estaríamos fora do mundo.

Eu não quis aceitar. Achava e ainda acho que a convivência é possível. Aí foi que lembrei de uma história sempre repetida na aldeia:

*O jabuti e a raposa*

Esta história conta que um dia o jabuti entrou no buraco do chão, assoprou sua flauta e estava ali, sozinho, dançando ao som dela.

A raposa, matreira como ela só, veio desafiar:
— Ô jabuti! Vamos medir nossa valentia?
O jabuti, que não costuma fugir a um desafio, topou a parada.
— Quem será o primeiro? — perguntou ele.
— Claro que será você, né, jabuti? — desdenhou a raposa.
— Quantos anos de jejum?
— Dois anos.
A raposa fechou o jabuti no buraco do chão e depois se despediu:
— Adeus, jabuti. Daqui a dois anos volto para ver se você conseguiu sobreviver.
— Tudo bem, Compadre Raposa. Estarei esperando você regressar.
E assim aconteceu. Quando passou um ano, a raposa foi até o local onde estava o jabuti e gritou lá de fora:
— Compadre Jabuti? Tudo bem por aí?
— Olá, Compadre Raposa. Já estão amarelos os taperebás?
— Ainda não, meu amigo. Eles ainda estão em flor. Mais um pouco e eles amadurecerão. Adeus, meu amigo.
Assim mais um ano se passou. Quando chegou a época de o jabuti sair do buraco, a raposa veio, chegou à porta e o chamou. O quelônio, de dentro do buraco, respondeu:
— Já estão amarelas as frutas do taperebazeiro?

— Agora sim, compadre. Os taperebazeiros já estão abarrotados de frutas sob suas copas.

Saindo, o jabuti imediatamente ordenou que a raposa entrasse no buraco e cumprisse sua parte na aposta.

— Quantos anos serão, compadre? — indagou a raposa.

— Serão quatro anos.

Disse isso e logo trancou a raposa no buraco do chão e foi-se embora.

Um ano depois ele voltou.

— Raposa, como está você, compadre?

De dentro do buraco ela respondeu:

— Estou bem, compadre. Já estão amarelos os pés de ananases?

— Ainda não, raposa. Agora é que os homens estão roçando o mato para plantar os ananases. Adeus.

O jabuti deu as costas e foi-se embora.

Dois anos depois regressou ao local. Chamou a raposa e ela não respondeu. Chamou de novo e... nada. Viu que umas moscas saíam de dentro do buraco e pensou consigo que ela já havia morrido. Abriu o buraco e tirou-a para fora e comprovou que ela estava morta. Ao fazer essa constatação o jabuti deu um suspiro e pensou:

— Que foi que eu te disse, raposa? Você não era macho o suficiente para medir forças comigo!

Deixou-a ali e foi-se embora.

............

Nossa tradição acredita que o jabuti seja o símbolo da permanência por ser um animal que vive muito tempo. Ele é capaz de sobreviver sob as mais duras situações e também de manter-se escondido por muito tempo. Por isso é o símbolo do tempo. O tempo não corre; anda devagar, mas anda sempre. Ou você se alia a ele ou ele o engole. É simples assim.

Lembro mais uma coisa que meu avô ensinava sempre: se o tempo atual não fosse bom, não se chamaria presente.

Às vezes penso que a cultura ocidental, com toda sua pressa em saber das coisas, é como a raposa que queria ser mais esperta que o jabuti, que simboliza a tradição.

Na faculdade entendi com mais precisão a velha disputa entre a ciência ocidental e sua pressa e a tradição e sua perenidade. Tradição *versus* modernidade. Jabuti *versus* raposa. É um confronto milenar que continua se repetindo ainda hoje.

Acho que preferiria que fosse o jabuti e a raposa. Tradição e modernidade caminhando juntas. Uma não tentando ou querendo derrubar a outra, mas procurando conviver com os diversos saberes que estão presentes na humanidade.

Foi isso que minha passagem pela universidade me ensinou. Foi isso que sempre procurei aliar. Ao menos na teoria, pois quando eu me deparei com a prática da sala de aula eu vi que, mais uma vez, precisaria buscar o saber da gente do meu povo para poder fazer a ponte entre formas distintas de pensar, e isso nem sempre foi fácil.

## 6. TEMPO DE OUSAR

Foi assim que desejei ser professor, confessor de meus sonhos. Fruto de uma promessa feita sobre o túmulo de meu velho avô. Tinha esperança de que assim pudesse passar a sabedoria que ele havia me deixado como herança.

Minha dúvida, porém, era como fazer isso. Como transmitir o saber tradicional dentro de uma escola, lugar que prima por fazer coisas bem convencionais? Como falar do tempo da natureza num lugar regido pelo tempo do relógio? Como dizer da importância de viver cada dia como um presente ganho dos céus, dos espíritos da Mãe-Terra, num lugar onde as pessoas vivem planejando seu futuro?

O primeiro passo que tinha que dar era eu pensar no presente, viver o presente, e o que o presente me pedia, naquele momento, era estudar muito, esforçar-me muito, dedicar-me de corpo e alma ao propósito de aprender tudo que pudesse sobre o mundo ocidental. Tinha que aprender como funcionava esse mundo, que equipamentos ele utilizava para funcionar desse jeito meio confuso.

Minha passagem pela escola pública me possibilitou iniciar esse meu aprendizado social. Ali, no início, coloquei toda minha alma a serviço do conhecimento. Li o que me pediam, e o que não pediam lia também. Isso depois que descobri que o livro era uma janela para o conhecimento.

Eu nunca tinha tido vontade de ler muito. Lia apenas para "passar de ano", como se dizia antigamente. Lia por obrigação e não por prazer. Para mim, a leitura boa era aquela ensinada por meu avô que dizia sempre que a natureza tinha uma escrita e que era preciso estar sempre atento às suas letras. Mas isso era muito fácil de fazer, já que estávamos sempre junto à natureza e tínhamos aprendido a fazer silêncio, a falar pouco e a "fechar os olhos" para ouvir com o coração. Isso nossos "professores" da aldeia já haviam nos ensinado. Agora, ler as palavras que vinham impressas em livros ainda não conhecia, ainda não sabia de sua importância para compreender fatos, relevos, números, línguas e gramáticas. Não sabia que eram muito bons para compreender os sentimentos, os conflitos, as biografias, os pensamentos, os acertos e os erros de uma humanidade tão diferente da humanidade que conhecia em minha aldeia.

Minhas primeiras leituras — além das obrigatórias — foram poemas de Alberto Caeiro, que só bem mais tarde soube que era o próprio Fernando Pessoa lendo o mundo como outra "pessoa". Ele me ajudou a dar maior importância à minha aldeia, ao modo de vida que sempre levei. Caeiro ajudou-me a reafirmar minha identidade.

Depois li muitos livros de aventura, de suspense, de comédia. Tinha um especial prazer em ler romances, pois eles sempre mostram o lado oculto dos sentimentos. Por isso, me ajudavam a compreender minhas próprias dúvidas e minhas dores. Por meio deles pude entender melhor o modo de pensar das pessoas da cidade.

### *A caminho da cidade*

Quando completei meus estudos regulares, meus pais me chamaram a um canto e perguntaram-me se eu queria mesmo continuar com aquela ideia de estudar. Disse que sim, pois minha promessa ainda estava em pé e eu tinha que cumpri-la como forma de homenagear meu velho avô.

Minha mãe deu um sorriso muito gracioso e afagou minha cabeça:

— Não esqueça nunca de voltar pra casa, meu filho. Aqui você terá um lar à sua espera.

— Por que a senhora me diz isso, minha mãe?

— Porque nossa vida está ligada aos nossos familiares e a gente tem sempre que manter nossos elos com eles.

— Disso eu já sei. Tenho que agradecer todos os dias aos espíritos de nossos antepassados pela alegria de estar vivendo no seio de uma família tão boa, tão maravilhosa.

— Isso mesmo, filho. Volte sempre para os seus. Estaremos aqui torcendo por você e o aguardando.

Meu pai ficou de longe, espiando a cena. Estava com ar preocupado. Fui até lá e o abracei.

— Você já é um homem, meu filho. Conhece o caminho da floresta como um caçador conhece sua caça. Vai atrás de um caminho novo, desconhecido, perigoso. Tenha cuidado.

— Terei cuidado, meu pai. Saio de casa apenas para conhecer um mundo novo, diferente, mas não abandonarei a casa de meu pai.

— Sei disso, filho. O mundo da cidade é confuso e embaraçoso até mesmo para os que nele nasceram. Faça como o caçador: espreite a caça, mas mantenha-se escondido; ande leve, sem pressa; não esqueça de sonhar e ande com os dois pés sempre ligados à nossa terra. É possível que assim você tenha uma vida feliz.

— Não esquecerei de suas palavras, meu pai. Isso é uma promessa!

— Não precisa fazer mais promessas, filho. Você já é um homem feito e não precisa provar nada para ninguém. Siga seu caminho sempre com os olhos de guerreiro: com atenção, olhando para todos os lados, fazendo silêncio, sem comer demais, sem dormir além do necessário e sem se desviar do seu objetivo. Tenha cuidado apenas com os seus olhos.

— Por que, meu pai?

— Empreste os olhos para as pessoas, nunca os

dê para elas. Conserve seu jeito de olhar o mundo, receba outros olhares, mas nunca perca o que é seu.

Meu pai me disse isso com ternura. No final me abraçou com afeto e com os olhos marejados de lágrimas. Minha mãe juntou-se a ele num lamento triste e ritual.

O barco me levou rumo à cidade. Era a primeira vez que eu saía da aldeia para um longo período de ausência. Olhei para trás e vi minha gente acenando para mim, como a desejar boa viagem.

As últimas palavras de meu pai não saíam do meu pensamento. Lembrei de uma história contada por meu avô, numa das noites sem lua de minha aldeia.

### *O jogo dos olhos*

Conta-se que o caranguejo tinha o poder de mandar seus olhos para onde ele quisesse. Os olhos iam lá longe e depois voltavam para as órbitas do bicho.

— Vão, meus olhos, vão à margem do Lago Palaná! Vamos, vamos, vamos!

E os olhos iam embora. O caranguejo ficava sem os olhos. Passados alguns minutos ele os chamava de volta.

— Venham meus olhos! Venham de volta! Já, já, já!

Ele fazia isso sempre. Uma vez, enquanto seus olhos voltavam do lago, um Jaguar ficou espreitando aquela estranha forma de o caranguejo ver as coisas. Um dia, quando ele havia mandado os olhos irem para o lago, o Jaguar chegou por trás dele e foi puxando conversa.

— Olá, meu cunhado. O que você está fazendo?

— Eu mando meus olhos para o Lago Palaná.

— E como é isso, meu cunhado? Eu quero ver.

O caranguejo tentou alertá-lo para o perigo.

— Não aconselho não, meu parente. É que o pai do peixe traíra já se aproxima dos meus olhos.

— Não tem perigo. Eu quero ver você fazer de novo.

— Então tá. Espia que vou mandar meus olhos para lá.

Assim fez o caranguejo. Ele deu a ordem para seus olhos e eles foram embora para a margem do lago. Depois, a pedido do Jaguar, ele os chamou de volta.

Tendo visto o que acontecera, o Jaguar não se conteve e pediu que o caranguejo mandasse seus próprios olhos até a margem, e, mesmo protestando, acabou obedecendo:

— Fique bem quietinho, então. Vão até a margem do Lago Palaná, olhos do meu cunhado! Vamos, vamos, vamos!

Os olhos do Jaguar foram embora, deixando-o cego. Depois de algum tempo o próprio Jaguar os chamou de volta e os olhos lá vieram e se colaram na órbita antes vazia.

Muito impressionado, o Jaguar quis que o caranguejo mandasse seus olhos mais uma vez.

E assim ele o fez. Só que dessa vez o pai do peixe traíra engoliu os olhos do felino, e mesmo que o caranguejo os chamasse eles não voltaram mais. Isso deixou o gatuno muito zangado, que começou a tatear procurando o caranguejo. Sua intenção era comê-lo por tê-lo enganado. Mas o esperto já havia pulado dentro da água, se escondendo sob o talo de uma palmeira de bacaba.

O Jaguar procurou que procurou mas não conseguiu achar o danado do caranguejo que, a essa altura, já havia fugido dali levando consigo o talo da palmeira de bacaba.

O Jaguar saiu andando sem rumo pela mata, sem olhos, sem saber para onde ia. Desolado, sentou-se na mata onde encontrou o Gavião Real.

— O que está acontecendo, meu cunhado? — perguntou a ave.

— Eu não faço nada. O caranguejo mandou meus olhos para o Lago Palaná e o pai do peixe traíra os comeu. Você bem que podia colocar olhos novos em mim, cunhado Gavião.

— Fique aí que eu volto já — disse o Gavião voando em direção à mata em busca da árvore de jataí.

Quando retornou, passado algum tempo, foi logo se aproximando do felino, que continuava cego. Pediu que se deitasse enquanto esquentava o leite do jataí.

— Você não pode dizer nem um "ai", senão o leite não pega.

— Tudo bem, cunhado. Não vou abrir minha boca.

— Fique quieto. Você tem que aguentar a dor.

Dizendo isso derramou o leite na órbita direita. O Jaguar ficou quietinho, sem se mexer e sem dizer um "ai". Depois, encheu a órbita esquerda e em seguida pegou um ramo de uma árvore da qual extraiu um óleo para lavar os olhos do Jaguar que, depois de algum tempo, voltou a enxergar normalmente.

Como pagamento, o Gavião pediu que o Jaguar matasse um tapir. Ele assim o fez e faz até os dias de hoje.

## Os caminhos do ocidente

Fazer um curso universitário foi um grande avanço para minha vida. Cursar Filosofia, no entanto, foi algo surpreendente. Com o curso pude compreender coisas que até então não fazia ideia como haviam sido pensadas.

Eu, que vinha de uma tradição de oralidade, achei maravilhoso conhecer os caminhos que o ocidente percorreu na construção de sua história. Isso me ajudou a compreender muitíssimo bem o pensamento "quadrado" que o ocidente desenvolveu. Confesso que foi assim que compreendi melhor o que minha cultura tradicional tinha de tão fundamental e como era importante mantê-la viva. Foi preciso sair e conhecer a cultura do outro para valorizar ainda mais a minha.

Saber como a cultura ocidental havia passado do pensamento mítico ao racional me deixou um pouco confuso. O pior ainda era saber que a busca da razão, da explicação dos fenômenos do mundo e da luta em dar sentido à existência expulsou os mitos do cotidiano das pessoas. A razão tentava dar razões a si mesma, mas só encontrava mais indagações que a colocava em nova busca. E onde iria parar essa busca insana em dar respostas?

Sócrates, um pensador grego apaixonado pelo ser humano, afirmava que era preciso o homem buscar as respostas dentro de si mesmo. "Conhece-te a ti mesmo", dizia ele em tom de sabedoria. Não era isso mesmo que eu aprendia, quando criança, ao ouvir as histórias de meu avô? Não era isso que ele nos ensinava quando nos mandava ouvir o rio ou o ar, o fogo ou o vento? Não era isso que os sábios da aldeia nos diziam quando íamos para nossos ritos de maioridade?

Esse pensador, o Sócrates, pareceu-me muito próximo dos sábios da aldeia. Isso me deixava um pouco pensativo ao imaginar o motivo pelo qual o ocidente ouvia e seguia o que ele havia dito há milhares de anos, mas não conseguia ouvir o que os sábios índios diziam no momento atual. Parecia-me uma absoluta falta de sabedoria.

E foi aprendendo as coisas do mundo ocidental que pude compreender algumas passagens que aconteciam conosco durante nosso período de crescimento.

Lembro-me de que um dia uma pessoa ainda jovem chegou junto ao velho índio e quis saber como obter paz e tranquilidade em sua vida, para que pudesse ser um bom caçador, um bom pescador, um ótimo pai e marido. O sábio pensou por um minuto e disse que dentro dele havia dois cães que viviam em constante conflito. Um era mais calmo, manso e tranquilo. Fazia tudo com muita sensatez, equilíbrio e mansidão. O outro era muito feroz e traiçoeiro. Não parava de tramar coisas contra os outros só pensando em si mesmo. Os dois estavam sempre brigando querendo tomar o controle da situação.

O velho fez uma grande pausa deixando o jovem inquieto. Não contente com a resposta perguntou:

— Meu avô, diga-me qual deles irá vencer a luta que travam dentro do senhor?

O velho fitou o rapaz, bem dentro dos olhos, e apenas respondeu:

— Aquele que eu alimentar será sempre o vitorioso.

Esse, a meu ver, é o ponto de encontro entre o saber tradicional e o saber ocidental! É o que responderia Sócrates a quem lhe fizesse semelhante pergunta. É o que diria Platão ou Aristóteles; é o que diriam todos aqueles que sabem que o ser humano é esse misto de saber e dúvida. Não há respostas absolutas, há apenas tentativas de respostas absolutas. É isso que torna o ser humano imprevisível: às vezes sábio, às vezes estúpido.

## 7. TEMPO DE ENSINAR

*Segunda-feira: Meu primeiro dia na escola.*
*Tema: Meu nome.*
*Objetivo: Prometo não considerar uma necessidade ter um objetivo.*
*Desenvolvimento: Acho que vai depender deles.*
*Duração: Uma aula (ou quem sabe um ano inteiro).*
*Resultado esperado: Nenhum (tenho que achar meu próprio ritmo).*

Quando entrei pela primeira vez em uma sala de aula fiquei muito nervoso. Não sabia o que as pessoas iam pensar sobre minha condição de indígena, muito embora eu já soubesse como o tema era tratado na escola. Foi uma das coisas que aprendi em minha passagem pela escola pública no meu tempo de menino. Naquele tempo, os livros didáticos costumavam lembrar que os índios eram selvagens, atrasados, viviam como crianças numa espécie de paraíso celestial. Isso era sustentado pela escola como uma verdade absoluta.

Meus amigos colocavam apelidos em mim para lembrar-me de minha condição de "selvagem", sem direito a defender-me ou explicar-me. Isso sempre me deixava confuso.

Por isso fiquei nervoso. Mas fiquei nervoso também pelo fato de não saber como poderia enfrentar os jovens alunos que estavam à minha frente, sentados em fileiras e olhando para mim como se eu fosse um extraterrestre.

Outra coisa me deixava apavorado: teria que ensinar coisas que não havia vivido. Como poderia "apenas" falar de História ou de Filosofia sem as ter vivido? Como ensinar por meio de fórmulas de pensamento, como me ensinaram na universidade? Tinha um pouco de receio em fazer as mesmas coisas que sempre neguei. Um dia, a diretora da escola me chamou em sua sala e me disse que eu deveria me ater ao programa, pois o Estado sabia o que era melhor para seus alunos e que eu não deveria me preocupar em querer mudar o mundo.

Confesso que isso foi muito difícil de se compreender naquele momento, mas também não poderia me indispor com minha superiora. Fui para casa e comecei a estudar ainda mais sobre o tema que teria que "dar" aulas. Foi um aprendizado bom, pois aprendi a usar uma linguagem mais comum, mais simples e mais adequada aos alunos. Ainda assim estava inconformado, pois queria ensinar as coisas de minha gente para os jovens, mas tinha que manter-me preso ao programa.

Um dia tive um *insight*. Veio no sonho. Veio junto com meu avô me falando coisas que não sei se ele sabia de verdade ou se ele tinha aprendido depois de ter morrido. Meu sonho foi assim:

Estava sozinho no meio do nada. Estava com fome e sede e não havia jeito de encontrar comida ou água. Fui ficando desesperado. Já não conseguia pensar direito. Ao longe havia alguns abutres que se aproximavam lentamente esperando que eu desfalecesse para que pudessem se apossar de meu corpo faminto.

De repente, ouço um bater de asas. Era forte e vinha do alto. O sol em meu rosto não permitiu que eu visse de onde vinha nem o que era. Acomodei meu corpo entre os joelhos à espera de um golpe fatal. Não aconteceu. Levantei meus olhos e vi, a meia distância, um enorme gavião que me olhava. Seus olhos grandes pareciam querer entrar dentro dos meus. Meio sonolento pela fome e pela sede, vi que a ave se projetava para dentro de mim e, de repente, me vi sobrevoando vales e montes, rios e florestas, casas e prédios. Via tudo com os olhos da ave.

Ela continuou me levando para o alto e de lá de cima eu podia ver cada detalhe das coisas. Fiquei meio embriagado; zonzo com o voo da águia e com as novidades que ia aprendendo. De repente ela se lançou no vazio do céu. Parecia que ia chocar-se com o chão lá embaixo. Meu senso de confiança, no entanto, compreendeu que nada poderia acontecer e comecei a dirigir a ave como se ela fosse eu próprio. Chegamos a uma clareira na mata onde descemos. Havia uma espécie de conselho que estava todo reunido para decidir coisas. Fui chamado ao centro.

Uma coruja dirigiu-se a mim, ou melhor, à águia:

— Você está aqui para ouvir nossos conselhos?

— Fui trazido aqui para isso — respondi timidamente.

— Então escute o que temos a dizer sem interromper.

Fiz um gesto afirmativo com a cabeça.

— No começo do mundo tudo era uma coisa só. Homens e animais viviam em harmonia. Mas o homem — que sempre foi muito arrogante — quebrou essa corrente, a teia que nos mantinha alinhados com o Grande Espírito Criador. Como castigo ao homem, Nosso Pai Primeiro retirou dele a capacidade de ver com o olho interno, deixando-o viver num mundo de aparência, fazendo-o crer que tudo o que via era a realidade e que poderia dominá-la. E, assim, o homem foi olhando para fora e se esquecendo de olhar para dentro.

No entanto, já sabendo aonde o homem ia chegar com sua arrogância, Nosso Pai Primeiro deixou um canal aberto entre o mundo dos homens e o mundo de dentro. Vez ou outra, um humano especial tenta alertar o mundo sobre sua autodestruição, dizendo que é preciso olhar para dentro, conhecer a si mesmo. Assim, o mundo não fica totalmente entregue à ganância humana e ainda lhe resta uma última esperança.

— Você veio até nós para ouvir nosso conselho. E nosso conselho é para você não perder sua conexão com o mundo de dentro e ainda procurar mostrar aos outros como o caminho de volta é possível. Vá.

Acordei no dia seguinte muito assustado, um tanto confuso, mas com uma paz muito grande. Parecia que ia achar o caminho!

...........

E foi pensando assim que iniciei meu percurso até a escola. O que iria acontecer por lá ainda não sabia, mas tinha uma estranha confiança aquecendo meu peito.

Quando cheguei na escola havia muito alvoroço. Muita gente ainda não sabia em que local haveria aula. Fui à sala dos professores e confirmei o horário. Segui para minha classe. No caminho ouvia sussurros de pessoas estranhando, talvez, minha presença na escola. Fingi que não via ou ouvia qualquer coisa.

Quando cheguei à porta da sala havia um fuzuê medonho. A lousa estava toda rabiscada com grafites. Achei muito criativo, mas não disse nada, ia deixar para um outro momento. Sentei-me para esperar o bate-papo cessar. Aos poucos, foram todos se aquietando e procurando um lugar para sentar. O silêncio virou absurdo. Levantei-me, então, para olhar com mais calma para meu público. Eram todos jovens e bonitos. Meninos e meninas em plena fase hormonal latente. Mantive o silêncio enquanto circulava pela sala.

### Começando pelo nome

— Queria contar uma história pra vocês. Não se assustem, pois não sou canibal.

A gargalhada foi uníssona.

— Vim da floresta, é verdade. Lá aprendi coisas que não servem muito para cá.

— Por exemplo, "fessor" — pediu alguém com voz de gralha.

— Subir em árvore, por exemplo. Aqui não me serve subir em árvore. Aprendi, no entanto, coisas que me são muito úteis no dia a dia da cidade. Aprendi a ouvir. Lá nós treinamos tanto a audição que aprendemos a ouvir o vento falar.

— E para que serve isso?

— Para saber o que vocês andam falando de mim, né?

Mais gargalhadas. Isso me deixou mais confiante, pois prendia a atenção deles em mim.

— Lá tem algo que a cidade esqueceu e que quero contar a vocês nesse nosso primeiro encontro.

— O que é? — perguntou alguém com voz em mutação.

— Meu nome. Todos temos um nome. Na floresta o nome é muito mais que um nome: é uma marca. Para nós é tão importante que não o podemos pronunciar em público. O nome é um privilégio de uma família. Só o próprio dono do nome pode dizê-lo às pessoas. Não porque seja um segredo guardado a sete chaves, mas porque o nome é sagrado e precisa ser reverenciado. O nome, meus caros, é tão importante para nosso povo que os avós nos lembram sempre que é a única coisa que é realmente nossa. Quem é dono do ar que respiramos? Dono das águas? Dono das florestas e do coração dos seres que nela vivem? Tudo isso nos foi dado por empréstimo e como tal temos que devolvê-lo ao seu verdadeiro dono. E mais: temos que devolver do jeito que nos foi entregue.

Enquanto eu falava via os jovens assentarem-se direito e dirigirem um olhar mais atencioso para mim. Aproveitei e coloquei uma música que lembrava os sons da floresta. Fiz uma pausa comprida, para deixá-los mais à vontade. No meu íntimo eu tocava meu maracá e pedia ao Pai Primeiro que se revelasse a eles do mesmo jeito como está presente em cada centímetro de meu corpo. Depois retornei à fala:

— Meu avô dizia que a única coisa que realmente temos é o nome e que temos que oferecê-lo a quem temos certeza de que vai saber honrá-lo. Como é a única coisa que tenho que seja realmente meu, quero oferecê-lo como prova de meu desejo de estar aqui.

### Um nome que vem no sonho

Ganhamos o nome antes do nascimento. Ele vem no sonho.

Quando nossa mãe está ali pelos seis meses de gravidez ela procura o pajé, o sábio de nossa gente. Comunica a ele sua espera e pede que o sábio dê o nome para sua criança.

Aquele avô vai, então, até seu quintal e apanha uma planta que ele conhece melhor que todo mundo. Com ela prepara um chá recomendando que a mulher o tome quando a noite estiver engolindo o dia. Assim ela o faz, sabendo que as recomendações do pajé devem ser seguidas à risca.

Quando a noite já vem vencendo, a mulher toma todo o conteúdo da cuia e vai para sua rede. Ela deita e dorme. Dorme e sonha. E com o que ela sonha?

— Com o nome do bebê — fala alguém no fundo da sala mostrando atenção à minha narrativa.

— Não exatamente, meu caro. Ela sonha com seres da floresta. Pode sonhar com um animal, um peixe, uma árvore, um rio, uma ave, uma pedra. Em nosso jeito de pensar, acreditamos que todas as coisas estão vivas, possuem espírito e podem se comunicar com a gente, especialmente por meio dos sonhos.

Dou um pequeno intervalo para que compreendam minha informação.

— Digamos que ela sonhe com um jacaré.

Vejo alguns rostos espantados, mas continuo minha história:

— O jacaré vai chegando perto dela e diz: "Ô dona Maria, quando sua criança nascer eu quero que ela se chame Jacaré". "E por que tem de ser Jacaré, seu jacaré?"

E o jacaré vai ter que convencer que o nome dele será importante para a criança. Por isso ele fala para ela suas qualidades dizendo que é forte, corajoso, silencioso, observador. A mulher escuta atentamente e promete que vai pensar no assunto. Diz isso pois sabe que não basta sonhar uma única vez. É preciso sonhar pelo menos três vezes o mesmo sonho para que se confirme o nome da criança. Assim, tendo sonhado três vezes, a criança carregará consigo o nome de um ser da floresta que tem muitas qualidades.

...........

— Quando estava para nascer minha mãe sonhou com um peixe. Um peixe muito sapeca, muito divertido e fujão. Ele é tão difícil de ser pescado que costumamos dizer que ele dá sorte para quem o pesca. No entanto, pescado com o objetivo de dar sorte, não pode ser comido. Tem que ser devolvido ao rio tão logo o pescador tenha pedido sorte para o peixe.

— E o que é ter sorte para o índio? — perguntou uma voz feminina no meio da sala.

— Boa pergunta essa. Para os indígenas — e não para os índios — ter sorte não é ganhar na Mega-Sena ou coisa parecida. Para nós ter sorte na vida significa viver muito, não ser vítimas de doenças fatais, não ser atacado por uma onça ou morrer afogado num rio. Ter sorte é poder apreciar por muito tempo a magia de estar vivo.

— Qual é seu nome então? — uma voz impaciente berrou.

— Por ser muito bonito feito eu e tão sapeca feito vocês, o nome do peixe é Derpó, que significa "peixe maluco". E é assim que vocês podem me chamar, se quiserem.

Foi uma gargalhada geral. Tinha conseguido meu intento e logo lancei mão desse expediente naquela primeira aula do meu primeiro dia como professor, melhor, confessor. Ficamos ali ouvindo cada uma daquelas pessoas contando os motivos dos próprios nomes. Quem não sabia ficou com a tarefa de pesquisar e trazer no dia seguinte.

*Um pouco de poesia*

   Quando a aula estava terminando fiquei em pé novamente e chamei a atenção de todos para mim. Queria fazer algumas recomendações e alcançar o coração deles. Fiz isso.
   — Quero concluir nosso encontro com uma poesia, pois tenho a impressão de que a vida é um grande poema escrito pelo Pai Primeiro. Acho que ela resume muito o que somos e o que seremos. Poetas são deuses travestidos de homens e, como tais, temos que ouvi-los. Hoje quero recitar um poema de Alberto Caeiro. Alguém sabe algo sobre ele?
   — Foi um jogador de futebol? — disse um garoto.
   — Bela tentativa, Tomás. Caeiro foi um dos heterônimos de Fernando Pessoa, poeta português de primeira linha. Um dia ele disse assim:

> *Se eu pudesse trincar a terra toda*
> *E sentir-lhe um paladar,*
> *E se a terra fosse uma cousa para trincar*
> *Seria mais feliz um momento...*
> *Mas eu nem sempre quero ser feliz.*
> *É preciso ser de vez em quando infeliz*
> *Para se poder ser natural...*
> *Nem tudo é dias de sol,*
> *E a chuva, quando falta muito, pede-se*
> *Por isso tomo a infelicidade com a felicidade*

*Naturalmente, como quem não estranha*
*Que haja montanhas e planícies*
*E que haja rochedos e erva...*
*O que é preciso é ser-se natural e calmo*
*Na felicidade ou na infelicidade,*
*Sentir como quem olha,*
*Pensar como quem anda,*
*E quando se vai morrer, lembrar-se de que*
                                        *[o dia morre,*
*E que o poente é belo e é bela a noite que fica...*

No final, apenas alguns suspiros e esperança estampados nos olhos e na alma daqueles meus novos amigos e novas amigas que me dariam muita alegria e a certeza de estar trilhando um bom caminho.

## AUTOR E OBRA

Daniel Munduruku é formado em Filosofia e mestrando em Educação na USP — Universidade de São Paulo.

É diretor-presidente do INBRAPI — Instituto Indígena Brasileiro para Propriedade Intelectual —, ONG formada por membros indígenas de diferentes povos para defender o conhecimento tradicional existente há centenas de anos.

É autor de duas dezenas de livros, a maioria deles premiada dentro e fora do Brasil. Sua obra é referência em escolas e universidades brasileiras.

Em 2004 foi homenageado na Feira do Livro em Bolonha, sendo indicado no mesmo ano pelo jornal *O Globo* como personalidade do ano na área de Literatura. Ainda em 2004 foi vencedor do Prêmio Jabuti por seu livro *Coisas de índio*, versão infantil.

Mora em Lorena, no interior de São Paulo. É casado com Tania Mara e tem três filhos: Gabriela, Lucas e Beatriz.